· 小柏拉图的哲学故事 ·

小柏拉图的宴会

[意]埃米利亚诺·迪·马可　著　[意]马西莫·巴奇尼　绘

虞瀚博　陈婉霓　译

海豚出版社
DOLPHIN BOOKS

CIPG　中国国际出版集团

图书在版编目（CIP）数据

小柏拉图的哲学故事. 小柏拉图的宴会 / (意) 埃米利亚诺·迪·马可著 ; (意) 马西莫·巴奇尼绘 ; 虞瀚博, 陈婉霓译. -- 北京：海豚出版社, 2021.3
ISBN 978-7-5110-5147-9

Ⅰ. ①小… Ⅱ. ①埃… ②马… ③虞… ④陈… Ⅲ. ①儿童故事 – 图画故事 – 意大利 – 现代 Ⅳ. ①I546.85

中国版本图书馆CIP数据核字(2020)第263433号

著作权合同登记号：图字01-2020-7159

Original title：
Texts by Emiliano Di Marco
Illustrations by Massimo Bacchini
Copyright © (year of the original publication) La Nuova Frontiera
The Simplified Chinese is published in arrangement through Niu Niu Culture.

小柏拉图的哲学故事　小柏拉图的宴会

［意］埃米利亚诺·迪·马可　著　　［意］马西莫·巴奇尼　绘　虞瀚博　陈婉霓　译

出 版 人	王　磊
策　　划	田鑫鑫
责任编辑	张　镛
装帧设计	杨西霞
责任印制	于浩杰　蔡　丽
法律顾问	中咨律师事务所　殷斌律师
出　　版	海豚出版社
地　　址	北京市西城区百万庄大街24号
邮　　编	100037
电　　话	010-68325006（销售）　010-68996147（总编室）
印　　刷	北京金特印刷有限责任公司
经　　销	新华书店及网络书店
开　　本	680mm×960mm　1/16
印　　张	24（全八册）
字　　数	322千字（全八册）
印　　数	5000
版　　次	2021年3月第1版　2021年3月第1次印刷
标准书号	ISBN 978-7-5110-5147-9
定　　价	158.00元（全八册）

著　者：埃米利亚诺·迪·马可

他出生在意大利的托斯卡纳，说话也是托斯卡纳口音；他既是哲学方面的专家，又是佛罗伦萨大牛排的专家。从小，他就常给大人们写故事；现在，他长大了，决定给小朋友们也写一些故事。

插画师：马西莫·巴奇尼

他兴趣广泛，有许多爱好，比如写作、画画、登山、潜水。在艺术和创作上，他和没那么爱运动的埃米利亚诺·迪·马可是合作多年的伙伴。这是他第一次给儿童读物画插图。我们希望他能继续画下去，因为他的画非常棒！

两千多年前的一个傍晚，快到吃晚餐的时候了，那时的雅典城和今天一样，大街小巷都飘着饭菜的香气。孩子们在街头玩耍，妈妈叫他们回家吃饭。到了晚上，路上安静了下来，家里却热闹了起来。这时，沿着长长的街道，一位老人和一个小男孩肩并肩走过来。老人名叫苏格拉底，是小男孩的老师，他每天都会给这个小男孩上课。小男孩名叫亚里斯多克勒斯，大家都叫他"柏拉图"。他们俩每天一边走路，一边谈话。苏格拉底总向小柏拉图提出许多问题，多得用麻袋都装不下。

他用这种方法启发小柏拉图，让他自己找到问题的答案。小柏拉图觉得，苏格拉底是全世界最有智慧的人，于是想尽办法成为他的学生，希望自己长大以后也能像他一样，成为一个非常有智慧的人。

然而有一天，苏格拉底有些心不在焉，一副心事重重的样子。看来，他收到了一个让人担忧的消息。这真是件怪事，因为苏格拉底很少会心不在焉，也很少有事情能让他心情烦躁。而小柏拉图正相反，他是一个特别好奇的孩子，常常会因为一些微不足道的小事而分心，他很快就发现了老师有点儿不对劲。

"老师，你在担心什么事情呀？"

"我在担心什么？没什么，你在说什么呢。为什么这么问？"

"噢，因为两件事：第一，你太久没说话了；第二，整个上午你连一块点心都没吃。"

"真的吗？哎，这说明我不饿。"

"这也太奇怪了！"小柏拉图脑海里的那个小声音说道。

其实，老师最喜欢的事情，除了讨论哲学，就是吃东西，让他失去胃口简直比登天还难。

"我发现你学会认真观察了，所以我要好好地奖励你。"苏格拉底说。

小柏拉图心想，其实并不需要多么敏锐的观察，就能发现老师今天有些古怪，这太明显了，就像一头玫瑰色的大象戴着铃铛跳舞，长长的鼻子上还卷着一块牌子，上面写着"我在这里"那么明显。

"别管那么多了，接受奖励吧。"小柏拉图脑海里的那个小声音说。就这样，他太好奇奖励是什么了，一秒也没有犹豫就回了话。

"奖励我什么？"小柏拉图和脑海里的那个小声音异口同声地问。

"看在你今天表现很好的分上……"老师接着说。

"我要告诉你一个秘密，如何成为全世界最聪明的小孩！"脑海里的那个小声音满怀期望地幻想。

"……我会让你提前回家。开心吧？"

"一点儿都不开心！"小柏拉图心想，他感到失望极了。但是他没有直接说出来，而是说道："嗯，但其实也没那么开心，老师。"

3

"那好！"苏格拉底答道，没注意到小柏拉图有些失望，"我们明天见，小鬼头。"

"是柏拉图，老师，我叫柏拉图。"

"对，也替我向柏拉图问好。晚安。"

苏格拉底沿着大道走远了，小柏拉图看着他的背影，迷惑不解，感到越来越好奇。

"此中必有蹊跷！"脑海里的小声音说，"应该跟着他，看看发生了什么事，解开这个谜团。"

"也许还是先吃饭比较好。"另一个小声音从他的胃里传出来，嘟哝道。

小柏拉图不知道应该听谁的话，陷入了思考，最后决定悄悄跟上他。小柏拉图一路跟到老师家，这时从老师家里传出一个女人的声音，吓了他一跳。

"不行，不行，两次不行，三次不行，就连一次也不行！你不许出门，明白了吗？"

那是苏格拉底的妻子赞西佩，在全雅典和附近的城市中，她算得上是脾气最坏的女人。有人说，当她经过树林的时候，就连凶猛的野狼都被她吓得不敢嚎叫，一溜烟地逃跑了。

赞西佩继续大声喊叫："我不管！你连想都别想，明白了吗？"

小柏拉图躲在老师家的后面，想看看这件事情如何收场。

不到五分钟，苏格拉底就从一扇窗户里钻了出来。

小柏拉图躲在藏身之处惊讶地看到了这一幕，更让他吃惊的是，老师全身穿得整整齐齐的，甚至还梳了头，这太稀罕了，简直是太阳从西边出来了。

"老师，你这是干吗呀？"

苏格拉底转过身，看着小柏拉图。

"我还要问你呢。你不是回家了吗？"

"跟他实话实说。"脑海里的小声音建议道。

"对，但是我刚才在系鞋带，所以……"小柏拉图这次没有听从脑海里的小声音。

"那你为什么穿戴得这么正式从家里溜出来呀？"

苏格拉底长叹一口气，对他说："我的好朋友大诗人阿加通得了一个大奖，对他而言很重要，他要办一场宴会，邀请我去吃饭庆祝。"

"什么样的宴会？"小柏拉图问。

"大家会在吃饭的时候讨论哲学。我很喜欢这样的宴会，但是赞西佩不想让我去参加，因为她觉得讨论哲学只不过是个借口，我们会趁机大吃大喝，说一大堆傻话。"

"那你们在宴会上，实际是做什么呢？"

6

"我们会大吃大喝，说一大堆傻话。但对于一个哲学家来说，这些非常重要。"

"啊，是这样吗？"

"那当然，因为有时候，最了不起的思想就是在我们和朋友们一起娱乐消遣的时候产生的，藏在许许多多的玩笑话之中。你可别相信那些成天又悲伤又严肃，还从来不娱乐的哲学家，因为如果连他们自己都不幸福，怎么能教别人幸福？你要记住，如果肚子空空，脑海也会空空。"

"他说得对！你的老师可真有智慧。"小柏拉图胃里的那个小声音说道，它早就饿坏了。

可是小柏拉图还是将信将疑。

"但是我觉得，要刻苦学习、思考很重要的问题，而不是在餐桌上浪费时间，那样才能成为伟大的智者吧？"

"当然要学习，而且要很认真地学习。但是，如果连和你的朋友一起度过美好的一夜都做不到，世上的智慧又有什么用呢？

　　"众神比凡人聪明千万倍：你觉得他们比凡人更幸福还是更悲伤？"

　　"更幸福，但是这和我们讨论的问题有什么关系呢？"

　　"当然有关系，这说明智慧不会让人悲伤。相反，一个有大智慧的人应该十分幸福。你不这么觉得吗？"

　　小柏拉图又一次不情愿地表示同意。

　　"那你就不要认为吃喝玩乐这种事情不重要，实际上，一个人越是幸福，越是热爱生命中美好的事物，他就越不愿伤害别人。总而言之，你越幸福，就越善良，因为假如你拥有了你需要的所有东西，你就不会想去偷窃别人的东西，也不会嫉妒别人的好运。"

　　小柏拉图张着嘴，每一次苏格拉底说话时他都会这样，尽管苏格拉底有时会像现在这样，说一些看似愚蠢的话，但他的话总能让小柏拉图有所思考。可是，小柏拉图有点固执，一时间没被苏格拉底说服，还是迷惑地看着老师。

苏格拉底察觉到了这一切，补充道："如果你还不服气，不如和我一起去宴会吧。百闻不如一见。我敢肯定，这一定会是一堂生动的课，而你也会从中学到很多东西。知道吗，今天的宴会上，我们会讨论世上最重要的事情。"

"最重要的事情？是什么事呀？"

"如果你想知道，就跟我来吧。怎么样，你来吗？"

这次，胃里和脑海里的两个小声音异口同声地回答："好！"小柏拉图既好奇又饥饿，毫不犹豫地接受了。但他还是想问老师最后一个问题。

"那如果你的妻子发现你不在家，她会怎么做，你会有麻烦吗？"

苏格拉底微笑着，露出狡猾的神色。

"她不会发现的。为了应付这种情况，我特地请一位木匠朋友做了一个人体模型。

"我先告诉我老婆我要去打个盹，然后把那个模型放在被子底下假装是我。那个模型和我简直一模一样，有时候连我都以为那是我自己呢。"

小柏拉图和苏格拉底到了阿加通家，阿加通写的剧本大获成功，他已经变得十分富有。古时候，还没有电视机，雅典人会去剧场看表演，就像我们现代人会去电影院看电影一样，写剧本的人通常能获得不菲收入。

仆人陪着他们俩向聚会厅走去，带着他们穿过了许多房间，这些房间一个比一个漂亮，小柏拉图惊奇地打量着四周。最后，他们进入了一个巨大的大厅，大厅中央放着一张餐桌，上面摆满了美味的食物。大厅的一角，一位女长笛演奏家在和餐桌边的宾客们交谈，他们都躺在又长又舒服的沙发上。其实，古希腊人很喜欢举办这样的宴会，而且喜欢躺在餐桌边，从早到晚地吃饭、喝酒、聊天。

苏格拉底一进门，大家就热情地向他打招呼。

"苏格拉底！我很高兴你接受了我的邀请。我本来还担心你不来呢。"主人阿加通说。

"哟，看来你这次又成功溜出来了嘛。我可不相信赞西佩不像以前那样管着你了！"阿里斯托芬坐在阿加通旁边，对苏格拉底说。

小柏拉图吃惊地看着阿里斯托芬，因为他也是一个非常著名、广受欢迎的大作家。小柏拉图完全没料到，自己竟然会在这里遇见他。他曾经写过一整部喜剧来嘲讽苏格拉底，所以小柏拉图觉得，他和老师两个人互相讨厌对方。

"哪有的事，亲爱的阿里斯托芬，赞西佩还是老样子，是我太狡猾了。"

其他人都哈哈大笑，表示赞同。

"苏格拉底，你太厉害了。你旁边那个小男孩是谁呀，是那个得整天听你说蠢话的倒霉孩子吗？"一位宾客一手端着酒杯，一手指着小柏拉图说道。

苏格拉底自豪地回答："这是我的学生柏拉图。"

"他们是我的朋友裴卓、包萨尼亚和鄂吕克马柯。"阿加通对小柏拉图介绍道。

　　鄂吕克马柯对苏格拉底打了个招呼，转身对小柏拉图说："你一定要当心你的老师。孩子，他有些不可思议的本领。"

　　"没错！"裴卓补充道，"人们都说，从前你的老师当兵的时候，会光着脚在雪地上走路，还会几天几夜一动不动，只为想出一些有意思的观点。"

　　"你以前还当过兵？"小柏拉图难以置信地问老师，他现在可一点儿都不像当过兵的样子。

　　"他当然当过兵，"包萨尼亚继续说，"还是雅典城有史以来最勇敢的战士呢！"

　　"对，而且还是话最多的战士。"阿里斯托芬说，"如果你还想知道，他最大的本事其实是喝酒，他的酒量比我们所有人加起来都大，谁也没见过他喝醉。"

　　苏格拉底刚才似乎正兴致勃勃地听着，听到这里连忙纠正阿里斯托芬的话："其实我喝醉过一次。"

　　"那一次是怎么回事？"小柏拉图问道。

　　"我也不太清楚，但是醒过来的时候，我发现自己居然和赞西佩结婚了。"

　　大家哄堂大笑，阿加通趁机发了话。

　　"好的，既然我们已经互相认识了，就可以开始吃饭了。

"快吃，不然菜就要凉了！"

按照惯例，大家先感谢众神赐予食物，然后宴会就开始了。正像苏格拉底之前所说的那样，所有人大吃大喝，像老朋友久别重逢一样互相开玩笑。

小柏拉图也很开心，但是脑海里那个小声音总是不断地提醒他："喂，他们什么时候才讨论世上最重要的事情啊？"

这场宴会好像和平常的宴会没什么两样，小柏拉图有些困惑，开始怀疑老师之前是不是在和自己开玩笑。

相反，胃里的那个小声音对这顿饭非常满意，一点儿意见也没有。

包萨尼亚吃饱之后站了起来，开始说话："亲爱的朋友们，我们今天来到这里祝贺阿加通获奖，而且这顿饭还吃得这么好，我觉得我们应该好好地感谢一下他。"

"现在是时候了，我们轮流发言，向他致敬。"

"不用向我致敬。"阿加通纠正道，"还是向众神致以最崇高、最深沉的敬意吧。"

所有的宾客都表示赞同，小柏拉图知道他们要开始认真谈话了，他马上就能知道什么才是世上最重要的事情了。之前负责奏乐的乐师们离开了，大厅安静了下来，小柏拉图竖起了耳朵。

"我相信其实我们都同意，"包萨尼亚说，"谈论世上最崇高、最重要的话题是一件快乐的事……"

"死亡！战争！智慧！还有'圣餐变体论'，虽然我不知道它是什么，但是从它的名字看来，一定是非常重要的事情。"小柏拉图脑海里的小声音激动地说。

"今天我们来谈谈'爱'。"

"爱？"小柏拉图环顾四周，希望这是一句玩笑，但是宾客们都严肃认真地听着，

就连他的老师也是如此。只有阿里斯托芬一个人心不在焉，他吃得太饱，一直不停地打嗝。

"不要！"小柏拉图发现这些聪明人不是开玩笑，竟然真的只打算谈论爱，不由自主地叫出声来。

"为什么不要？"阿加通问他，"我觉得'爱'是一个特别好的话题。"

所有人的目光都聚焦在小柏拉图身上，他尴尬地脸红了。然后，他鼓起勇气说道："因为'爱'是女人的事情！总之，我觉得在这么重要的场合也许应该谈论些别的事情……"

"比如'圣餐变体论'，我想知道那究竟是什么。"脑海里的小声音补充道。

"我知道你有点迷惑，孩子。"包萨尼亚说，"可是，你再怎么找，也找不到比爱更伟大、更崇高的事物了。"

"你们在逗我玩吧？"小柏拉图问道。

"当然是这样！"脑海里的小声音喊道。

"绝对没有！"裴卓答道，"孩子，你要知道，爱神厄洛斯是众神中最古老的一位，所以也是最重要的神。其他的神，包括神王宙斯，都有父母，但是厄洛斯没有。最初的时候，混沌和爱支配着一切，万物互相冲突，水想去天空所在的地方，山想待在海底，草想长在云上，

整个世界都是一片混乱。而爱，既强大，又有耐心，有一天它开始与万物谈话，直到它们不再相互冲突，和谐共处。就这样，世界成了我们现在看见的样子。诗人们就是这样讲述的，而我也相信，一切正是这样发生的。只有爱才足够强大，才能完成这样的壮举。"

"好吧，可是还有更强大的神呀，比如战神阿瑞斯。谁都无法战胜它。"

"你又错了！"裴卓纠正道，"早在阿瑞斯还没诞生的时候，厄洛斯就已经十分强大了。"

"而且你要知道，最勇敢的神是爱神厄洛斯，而不是战神阿瑞斯。"包萨尼亚补充道。

"才不是这样呢！只有非常勇敢才能成为战神，才敢和敌人战斗。"小柏拉图反驳道。

"你忘了，在战场上，很多人都变得十分懦弱，面对敌人临阵脱逃。但是，同样是这些为了保住性命而当了逃兵的人，为了不在他们的爱人面前出丑丢脸，却心甘情愿牺牲自己。"

“的确是这样。”小柏拉图承认对方说得对，脑海里的那个小声音不作声了。

　　“再想想那些你最喜欢的战争故事吧。比如特洛伊战争，就是因为对女人的爱而爆发的。这让我们明白，有时爱的力量是如此强大，以至于让人做出这样糟糕的傻事。如果你还不服气，就这么想，比起战争，暴君和坏国王更害怕爱的力量。”

　　“为什么？”

　　“因为他们可以用武力强迫人们上战场，却不能强迫人们去爱。这恰恰就是好国王和坏国王之间的区别：仁慈的好国王受到臣民的爱戴，不需要让他们害怕自己，就能得到他们的尊敬。然而坏国王依靠恐惧的力量统治国家，却永远得不到臣民的尊敬，总会感到孤独。

"他总是怀疑别人背叛自己，还嫉妒比他更受爱戴的人。"

小柏拉图张着嘴听着。脑海里的那个小声音也仿佛板着脸，一言不发，认真听着包萨尼亚的话。

"当然，'圣餐变体论'肯定还是更重要的……不过关于'爱'的话题，倒也不错。"那个小声音被说服了。

阿加通接过话："我觉得裴卓和包萨尼亚都说完了，现在轮到你发言了，阿里斯托芬。"

阿里斯托芬还在打着嗝，停不下来。其他人都开始拿他开玩笑，因为他实在太好笑了。

"你打嗝打得可真厉害，都说不出话来了。为什么你不试试屏住呼吸呢？"鄂吕克马柯建议道。

"为什么你不试试屏住呼吸连喝七口酒呢？"裴卓提议。

"为什么你不试试低头用口哨吹一首欢快的小曲呢？"包萨尼亚建议。

"为什么你们不闭嘴呢？"阿里斯托芬在两个嗝之间憋出一句话。

"哎，既然阿里斯托芬说不出话，大家介意我先发言吗？我对裴卓和包萨尼亚所说的还有些补充。"苏格拉底说。

　　所有的宾客都停了下来，倾听苏格拉底的话，小柏拉图很好奇老师会说什么。

　　"亲爱的朋友们，我对'爱'并不是十分了解……"

　　"这我相信，毕竟你老婆是赞西佩嘛。"阿里斯托芬尽管打着嗝，还是抓住机会说了一句俏皮话。

　　"……但是，我认识一位女士，她向我揭示了许多关于'爱'的秘密，如果你们想听，我可以告诉你们。"

　　"那位女士是谁啊，老师？"小柏拉图问。

　　"赞西佩应该不认识她。"苏格拉底回答道，"她叫狄奥蒂玛，是曼蒂内亚人，是一位很有智慧的女士。我们雅典人应该记得她，有一次她通过祭祀，让我们的城市逃脱了一场可怕的瘟疫。"

　　"她告诉了你什么？"鄂吕克马柯问。

"裴卓和包萨尼亚弄错了。厄洛斯不是最古老的神，更不是最美好、最幸福的神。其实，他压根就不是神。"

　　"你怎么这么说呢？"裴卓打断了苏格拉底的话，"你难道想告诉我，厄洛斯既不强大也不重要吗？"

　　"别着急，朋友，让我说完。等我把狄奥蒂玛告诉我的话讲给你们听，你们就明白我的意思了。"苏格拉底一边理着胡须，一边开口道，"'爱'总是让我们渴望自己所没有的东西：如果我们自身弱小，我们就会迷恋力量；如果我们不幸福，我们就会渴望幸福……我们都知道，神都是美好的、幸福的，但是厄洛斯应该既不美好也不幸福，否则我们就不会爱慕美好、渴望幸福。"

　　"老师，你的意思是厄洛斯很丑吗？"小柏拉图问。

　　"他一点儿也不丑。不美的事物，不一定就丑。"苏格拉底的回答脱口而出。

　　大家都表示赞同，大厅里的气氛十分庄严，苏格拉底继续说道："为了弄清爱的本质，我要给你们讲个故事，'爱'诞生的故事。

　　"这个故事是狄奥蒂玛讲给我听的。有一天晚上，奥林匹斯圣山上举办了一场盛大的舞会，除了贫穷女神佩尼亚，所有的神都被邀请到场。但佩尼亚还是去参加了舞会，她偷偷地藏在花园中。舞会上，财富之神波洛斯十分苦恼，因为舞会上的女神们都十分美丽，但却没有一位女神对他感兴趣。于是波洛斯决定去花园里透透气，他在花园里遇到了佩尼亚，对她一见钟情。就这样，从财富和贫穷的结合之中，诞生了厄洛斯，他继承了父母各自的特点。其实，厄洛斯并不像我们认为的那样，是一个长着翅膀的胖乎乎的小孩，相反，他是个小淘气，

总是饿着肚子，睡在大街上，还常常溜进最漂亮的宫殿里。他经常不请自来，有时候谁都赶不走他。他既任性又勇敢，有时会撒谎，有时却天真幼稚、容易受骗。他既不是神，也不是凡人：有时一个眼神就能杀死他，有时最可怕的折磨也不能把他怎么样。

"一天之内，他能死去一千次，再复活一千次。有时候，他能让愚蠢的人变狡猾，让聪明的人变得糊涂。他是个神奇的生物，但绝不是神。他有点儿像脑海里时不时出现的那个小声音。"

"天哪，那我可真是太重要了！我真喜欢这个故事。"听见苏格拉底的话，小柏拉图脑海里的那个小声音说道。

"厄洛斯既不是神也不是凡人，那他究竟是什么呢？"小柏拉图一边试着理解老师的话，一边问道。

"因为他既不属于天国也不属于人间，所以他既能和众神说话也能和凡人说话，这样就能把一方的消息带给另一方。"

"仅此而已吗？他只是个信使吗？"小柏拉图追问道。

"他可不是一般的信使，亲爱的柏拉图。厄洛斯还会做助产士呢。"

"你是说他会帮女人接生吗？"

"不光帮女人接生，他还能够为心灵接生。如果厄洛斯触摸了一个敏感的心灵，它就能创造出艺术；如果厄洛斯接近一个勇敢的心灵，他就会保护它，引导它成就一番事业。厄洛斯还会让人们相爱、繁衍后代，而这正是爱最重要的意义，它能让你永垂不朽，你会永远活在你孩子的记忆之中。你的孩子也会长大成人，结婚生子，于是你的名字会一代代地传下去，永不磨灭。这就是厄洛斯的神奇力量，尽管它既不是神，也不是凡人，却赋予我们永远活下去的可能。"

就这样，苏格拉底讲完了，所有人，包括小柏拉图和他脑海里的那个小声音，都沉默地思考着。他们思考得太认真，以至于谁都没有注意到，阿里斯托芬已经停止了打嗝，准备开始发言了。

"苏格拉底总是这样，说得天花乱坠，把我们都弄糊涂了。我没他那么厉害，也没有那个狄奥蒂玛那么大的本事，所以我不会解释爱的本质是什么。如果你们感兴趣，我可以告诉你们，人们为什么要相爱，以及人们为什么要在一起。"

"快告诉我们，这是为什么。"阿加通等不及地要听阿里斯托芬的发言。

"好的，据说，从前人们不是现在这副样子。很久很久以前，我们祖先的身体长得像个球。就像两个人沿着背部连在一起，他们长着四只胳膊、四条腿和两个脑袋，他们还有两双眼睛，能同时看见前面

和后面。你找不到他们的肩膀，因为他们压根就没有肩膀。他们行动敏捷，他们想跑的时候，可以用四只胳膊、四条腿滚动起来，所以他们来去如风，非常强大，什么也不怕，不需要彼此帮助。总之，那时人类实在是太强大了，以至于最后他们变得自大起来，很快就成了世界上最自负、最讨厌的动物。其他所有动物都向众神诉苦，因为人类

实在是太蛮横无理了。于是众神就去找这些'球形人'，试着跟他们讲道理。可是人类非但没有冷静下来，反而回答道：'我们想干吗就干吗，如果你们挡我们的道，我们就去奥林匹斯圣山上，把你们统统踢下去！'这时众神发怒了，神王宙斯说道：'这些凡人实在是太讨厌了，我们必须采取行动了！'

"'我提议把他们都杀光，看他们还敢不敢乱开玩笑！'战神阿瑞斯插嘴道，他总是喜欢打打杀杀。

　　"'这是个办法。'太阳神阿波罗说，'但是如果凡人都死了，谁来给我们修建神庙、祭祀我们呢？其他动物都做不到呀。'

　　"'你说的也有道理。'宙斯思考着，'那你有什么别的提议吗？'

　　"'也许我们可以试着让凡人变得不那么强大，也许这样他们就能冷静下来，不那么讨厌了。'

　　"宙斯和其他神都非常喜欢这个主意，于是立刻开始行动。他们就像切苹果一样，把所有人都切成了两半。他们用多出来的皮肤打了个结，这个结现在还在，就是我们的肚脐眼。

"最后，他们再尽力把每个人缝好，这样人就能自己站起来。等到一切都完成了，众神就又回到奥林匹斯圣山上了。

"过了一阵子，他们逐渐意识到这个办法不起作用。人类一旦被分成两半，不光不再祈祷，不再修建神庙了，他们什么事情都不干了。被分成两半的人都感到很悲伤，一心只想结合起来恢复原状，他们绝望地互相拥抱着。如果一半死了，另一半就抱着他的尸体，什么也不想做，一直哭泣，直到因为悲痛、饥饿、口渴而死去。

"'这个问题解决不了了！'宙斯看到了事情的进展，抱怨道。

"'我们最好还是试着教熊修建神庙和雕像吧。'

"'我们还可以把他们全杀光！'阿瑞斯坚持道。

"'还会有别的办法的。这些凡人成了现在这样，您不觉得难过吗？父王！'阿波罗问。

"宙斯心地善良，于是他打算做些事情，让人类不再那么悲伤。他是这么决定的：'那好吧，我要让人类像从前那样彼此结合，繁衍后代，在彼此的怀抱中找回平静和幸福。

"'让他们像原来合二为一时那样，开心地生活下去，哪怕只是开心一点点也好。另外，我允许他们的两半在死后重新结合起来。'

　　"'假如过分的幸福又让他们变得蛮横、自负怎么办？'阿瑞斯问。

　　"'那我就再把他们分开一次，让他们只有一只胳膊、一只眼睛和一条腿！'

　　"就这样，众神允许人类繁衍后代了。但有一个问题：如果人类背对背结合，他们的眼睛就会朝向相反的方向，就看不见另一半的脸了。这就是为什么很难找到和自己互补的那个人。

　　"亲爱的朋友们，这就是男人和女人总是寻找另一半，却很难找到的原因。他们曾经是同一个人，但是迟早有一天，在他们死后，他们还会再次合二为一。但是要注意，如果我们表现得不好，再次冒犯了众神，我们就又会被惩罚一次，被再次劈成两半，并落下残疾。"

阿里斯托芬说完了，阿加通接过话来："谢谢各位的精彩发言。我没想到今天能收到这么好的一份大礼。"

这时，太阳开始升起。

苏格拉底站起感谢道："我觉得，我们这些客人应该感谢你。可惜时候不早了，我和我的学生要和各位说再见了。"

苏格拉底和小柏拉图向所有人告了别，往苏格拉底家走去。

小柏拉图听了这么多故事，满脑子都是问题。

"老师，那爱神到底是年老还是年轻啊？他有没有爸爸妈妈呀？我们以前真的像个长着四只胳膊、四条腿的皮球吗？"

"亲爱的柏拉图，狄奥蒂玛告诉我，爱十分神秘，很难说我们今天的发言谁对谁错。但是你必须明白，有些道理是我们可以确定的。"

"什么道理呀？"小柏拉图疑惑地挠挠头。

"首先，爱真的是一件重要的事情，因为如果没有爱，就不会有我们。众所周知：是爱让我们繁衍后代，让我们人类延续下去。另外，你还应该明白另一个道理。"

"真的吗，是什么道理呀？"

"永远不要拒绝吃饭的邀请，尤其是今天这种，能吃到那么多美味的食物。现在我要赶快回家了，不然赞西佩听不见我的呼噜声，就要起疑心了。"

问答点滴……

苏格拉底是谁?

苏格拉底,一个真实存在的人,古代最重要的哲学家之一。他出生于公元前469年(一说公元前470年),也就相当于两千五百年前。他的爸爸是一个雕塑家,妈妈是位助产婆。他做过很多事情,还当过兵。据说他总是一动不动地思考问题,即使在很危险的地方。他的妻子叫赞西佩,他俩生了三个孩子。我们之所以记住苏格拉底,更因为他是一个伟大的老师。可惜的是,他的行为方式导致很多人把他当成敌人,以至于后来,他们把他送上了法庭。最后,他还被法庭判处了死刑。苏格拉底本来是可以逃走的,但是他宁可死也不愿意离开他钟爱的雅典城。

柏拉图是谁?

柏拉图,苏格拉底所有学生当中最聪明、最有名的一个。在他的老师死于监狱后,柏拉图决定把老师讲课的内容记录下来,编辑成书。因为苏格拉底生前一直忙于教学,没有时间写作,所以他什么文字都没有留下来。我们今天读的这个故事和很多其他故事,都是因为柏拉图的记录才得以保存下来。柏拉图记录了苏格拉底和其他人的谈话内容,并在这些谈话中体现出了苏格拉底的思想。

哲学家是什么？

这个问题有许多答案，从古希腊人的时代起，一直到今天，学者们都还没能达成一致意见。哲学家原本的字面意思是"智慧的朋友"，指的是那些试图回答很难的问题的人。这些问题比如："什么是正确的，什么是错误的""事物的本质是什么"以及"人死了之后会发生什么"等等。

最早的哲学家诞生在古希腊。如今，柏拉图的时代已经过去很久了，但哲学家提出的很多问题还是没有答案。也许，加上一点运气，你有可能会找到这些答案，谁又说得准呢？

苏格拉底的教学方法是什么？

苏格拉底有一种十分特别的教学方法，这种方法的名字很难听，叫"助产术"，但它的意思却很美好，就是帮助婴儿诞生的方法。这种方法的要点就是提问，让学生依靠小声音，自己找到答案，小声音在老师的鼓励下从不会出错，只需要花一点时间，学生就能独立找到所有答案。苏格拉底说，真理存在于我们每个人的脑海之中，就像婴儿在妈妈的肚子里一样，只要帮一点忙，就能生出来。

阿里斯托芬是谁?

阿里斯托芬是古希腊一位重要的戏剧作家。他于公元前446年出生在雅典,创作了很多很有意思的戏剧作品,其中的一些流传至今。他的喜剧充满了俏皮话,有时候有点粗俗,他用这些台词批评各种各样的人:男人、女人,尤其有权势的人。

阿里斯托芬在他的一部作品《云》中,嘲讽了苏格拉底,把他描写成一个很啰唆的老人,成天幻想,对演讲比对生活更感兴趣;这也说明当时苏格拉底非常有名,有点像现在的电视明星。在柏拉图的记载中,苏格拉底似乎并不生气,因为他和阿里斯托芬关系很好,还一起参加晚宴呢。

阿加通是谁?

阿加通和阿里斯托芬一样,也是一位剧作家,但阿加通的年龄和阿里斯托芬只差一岁,出生于公元前445年(也有人说他出生于公元前457年:也许他喜欢谎报年龄吧)。他不像阿里斯托芬喜欢写喜剧,而喜欢写正剧和悲剧,同样取得了巨大的成功。阿加通和苏格拉底一样,也被阿里斯托芬在剧本中嘲讽过,在喜剧《地母节妇女》中,阿里斯托芬嘲笑他给腿脱毛的习惯。阿加通创作了超过300部戏剧作品,很不幸只有其中两句话流传至今,但是这两句都写得很好："只有这件事连神也爱莫能助：改变过去"和"艺术喜欢意外，意外也喜欢艺术"。这两句话是依靠柏拉图最著名的学生亚里士多德的记载才流传下来的。

关于宴会

就像在你刚读完的故事里所说的那样，它是一场宴会，大家在这场宴会上讨论、处理各种问题：大家会嘻嘻哈哈地互相开玩笑，会讨论正经事，会订立协议，也会庆祝高兴的事情。

"宴会"这个词在希腊语中意思是"一起喝酒"，是最重要的场合之一。古时候，既没有电视机，也没有报纸，如果人们想像苏格拉底和他的朋友们一样讨论问题、交流想法的话，就只有两种办法：要么在城市最重要的广场（在古希腊叫"露天广场"）见面，要么组织一次宴会。在宴会期间，宾客们会躺着吃饭。他们喝的葡萄酒都是兑了水的，宴会时会有一些乐师和宾客交谈。因为古希腊人都是男权主义者，所以除了女仆以外，女人不能参加宴会。

故事点评：

你刚刚读到的这个故事，是根据柏拉图的一篇名叫《会饮篇》的对话录改编而成的。这篇对话录不仅是柏拉图最著名的作品之一，还是历史上最著名的文学作品之一。

它启发了许许多多的哲学家和艺术家，还有很多人，尽管不从事写作，也因这部作品而改变了一生。也许，《会饮篇》如此成功的原因就在于，其中讨论的话题，确实是世上最重要的事情：爱。